Chico

Melinda

Chaz

Melisa

Jorge

Para Neil, mi marido, que inventó el juego
de la Gran Mamá Cerda, y para todos los lechoncitos:
Leisha y Jessie, Mikayela, London, Parker, Carter,
Joshua, Samantha, Andrew, Madeline y Sidney.

L. L. J. (alias Meena)

Traducción: Miguel Azaola

Primera edición, 2018

© 2011 Lindsay Lee Johnson, texto ● © 2011 Carll Cneut, ilustraciones ● © 2018 Ediciones Ekaré

Todos los derechos reservados

Av. Luis Roche, Edif. Banco del Libro, Altamira Sur. Caracas 1060, Venezuela ● C/ Sant Agustí, 6, bajos. 08012 Barcelona, España

www.ekare.com

Publicado originalmente en inglés por CLARION BOOKS, un sello de Houghton Mifflin Harcourt Publishing Company

Título original: *Ten Moonstruck Piglets*

Diez cerditos luneros

Lindsay Lee Johnson · Carll Cneut

Traducción: Miguel Azaola

EDICIONES EKARÉ

LA luz de la luna llena
baña la noche serena
y ha embrujado a diez cerditos
con su magia de hada buena.

Como mamá se ha dormido,
sus cerditos han querido
gozar de la luna llena
y, ¡zas!, se han escabullido.

¡Qué estupenda desbandada!
Es medianoche pasada
y los cerditos luneros
disfrutan de la velada.

Rodean el lodazal
sin mancharse (¡menos mal!),
dando brincos y cabriolas

Han encontrado un cercado
y enseguida se han colado.
Juegan luego en el jardín
y lo dejan arrasado...

Ahora toca un remojón
y un poco de natación
en la charca más cercana...
¡Qué sabroso chapuzón!

Danzan al claro de luna
cantando todos a una.
Disfrutan, dan volteretas.
Nadie siente pena alguna...

¡Cómo chillan! ¡Qué revuelo!
¡Cómo ruedan por el suelo!
La luna juega con ellos
mirándolos desde el cielo...

Ahora bailan habaneras
y hacen trucos y carreras.
Es tal su amor por la luna
que ojalá nunca se fuera...

¡Hasta que un golpe de viento
trae nubes, y en un momento
ocultan la luna llena!
Todos contienen su aliento...

Y el búho pasa ululando,
y el zorro ronda acechando...
Los cerditos tienen miedo
y echan a correr gritando: «¡MAMÁ!».

Mamá cerda se despierta
y, al ver la ventana abierta,
corre y busca a sus cerditos
dando gruñidos de alerta.

Pronto, detrás de una roca,
se da de manos a boca
con los cerditos fiesteros.
Se acabó la noche loca...

Ya en casa, ciegos de sueño,
del mayor al más pequeño,
los diez cerditos valientes
se duermen como diez leños.

Canta el gallo. ¡Qué alegría!
¡Está despuntando el día!
Pero los cerditos sueñan
con su luna todavía.

Otto

Karen

Mia

Lucia

Bam